LA
QUESTION OUVRIÈRE

PAR

MGR MERMILLOD

Évêque d'Hébron, auxiliaire de Genève.

PARIS

VICTOR PALMÉ, ÉDITEUR

25, RUE DE GRENELLE-SAINT-GERMAIN, 25

—

1872

LA
QUESTION OUVRIÈRE

Pour expliquer les circonstances dans lesquelles fut prononcé le discours de Mgr Mermillod, l'éditeur se borne à reproduire l'article que M. Léon Gautier fit paraître dans *le Monde* du 16 avril 1872.

Mgr Mermillod a prononcé hier, dans la chaire de Sainte-Clotilde, un discours qui aura un grand retentissement.

Il semble que, dans la sainte Eglise de Dieu, chaque Évêque ait en quelque manière sa mission déterminée, son poste spécial ; et cela est en particulier très-vrai pour notre siècle. Parmi nos Évêques, les uns plaident la cause auguste de la liberté de l'enseignement et s'attachent surtout à faire cette conquête décisive ; les autres s'étudient à renouer les liens qui doivent unir nos Églises à Rome, à ce Centre nécessaire et sacré ; d'autres relèvent la Liturgie et lui rendent sa splendeur ; d'autres défendent pied à pied les droits de l'Église contre les envahissements de l'État : tous combattent, sous l'œil de Dieu, avec un merveilleux courage qui sera bientôt couronné par la victoire.

Mgr Mermillod a choisi la question ouvrière pour but de ses constants efforts, pour objet de sa puissante activité. Nous l'en remercions du plus profond de nos cœurs. Car il fallait que cette question fût abordée épiscopalement ; il fallait montrer à nos adversaires que les chefs de notre armée ne reculent pas devant ce problème et qu'ils en offrent vaillamment la solution au monde moderne.

L'Évêque d'Hébron a reçu de Dieu toutes les facultés né-

cessaires à cette haute mission : il a l'énergie, il a la dou-
ceur ; sa parole est nette, elle est vigoureuse, elle appelle les
choses par leur nom ; et cependant elle est toute pénétrée
de charité. Voilà bien la parole catholique par excellence :
rude et tendre ; ne cachant aucune vérité et les disant toutes
avec tendresse ; n'acceptant aucune transaction et ne décou-
rageant aucun cœur ; repoussant toutes les concessions et
se faisant aimer de ceux mêmes à qui elle les refuse. Nous
avons beau faire : la Charité est et sera toujours la reine des
vertus. Pie IX le disait hier avec son énergie habituelle :
« Sans la Charité on ne peut être catholique. » C'est en
vain, d'ailleurs, qu'on la prétend inconciliable avec la ru-
desse de nos luttes : il faut qu'elle triomphe partout, dans la
chaire, dans le livre, dans le journal.

Il y a quatre ou cinq ans, Mgr Mermillod avait déjà fait
luire un beau rayon de gloire sur cette chaire de Sainte-Clotilde. C'est là qu'au milieu de nos splendeurs il avait jeté un
grand cri d'alarme ; c'est là qu'il avait montré, l'un des premiers, les dangers de la question ouvrière ; c'est là enfin qu'il
avait eu le courage de dire la vérité à une société élégante et
ayant perdu depuis longtemps l'habitude des sincérités de
la parole chrétienne. Je me rappelle même que ce noble et
vaillant langage avait scandalisé quelques âmes, et que *le
Monde* dut calmer ces alarmes. Mais bien des choses, hélas !
se sont passées depuis 1867, et le grand Évêque n'étonnera
plus personne. Il y a une grande différence entre un discours
avant et un discours après le pétrole.

L'orateur de Sainte-Clotilde est, d'ailleurs, un de ceux
qui ne savent pas se décourager, et il pose aujourd'hui la
question dans les mêmes termes. Car les sociétés se trans-
forment, les nations meurent ou ressuscitent ; mais les solu-
tions catholiques ne changent pas, elles ne peuvent pas
changer.

Lorsque, il y a deux ou trois mois, quelques humbles chrétiens de Paris se réunirent pour la première fois dans une petite chambre pour travailler à la fondation des Cercles catholiques d'ouvriers, une de leurs premières pensées fut pour Mgr Mermillod. Ils sentirent qu'il y avait communion entre leurs cœurs et celui de l'Évêque d'Hébron. Ils se dirent qu'ils ne trouveraient nulle part ailleurs un meilleur avocat de leur cause, ou, pour mieux parler, de la cause des ouvriers, et ils lui demandèrent de venir solliciter la charité de Paris pour ceux qui, hier, brûlaient les palais de Paris; pour ceux qui, demain, convertis à la foi libératrice, vont, si nous le voulons bien, construire des églises matérielles et devenir eux-mêmes une vaste église vivante en Jésus-Christ!

Mgr Mermillod est venu; il a parlé; il a vaincu.

Les Cercles catholiques d'ouvriers ont maintenant leur existence glorieusement assurée. Ils n'oublieront jamais qu'ils le doivent à la voix d'un Évêque....

La parole de Mgr Mermillod a eu hier mille ou deux mille auditeurs. Il faut absolument qu'elle ait demain cent mille lecteurs, et que les ouvriers, surtout, entendent cet appel d'un grand cœur.

Léon Gautier.

LA QUESTION OUVRIÈRE

Et alias oves habeo quæ non sunt ex hoc ovili:
et illas oportet me adducere, et vocem meam au-
dient, et fiet unum ovile, et unus pastor.

(ÉVANG. S. JOAN., x, 16.)

MONSEIGNEUR (1),
MES TRÈS-CHERS FRÈRES,

Je ne puis taire l'émotion qui me pénètre en me re-
trouvant dans cette chaire de Sainte-Clotilde après quatre
années,... quatre années qui sont des siècles ! Votre cité,
reine et dominatrice du monde, appelait à ses fêtes de l'industrie les princes et les ouvriers qui s'y donnaient rendez-
vous ; tous admiraient vos machines, tous venaient s'as-
seoir à vos théâtres. Plus tard, à Rome, sur cette terre pétrie
par le sang des martyrs, se tenaient, dans la liberté de la
prière et dans la liberté de la discussion, les grandes Assises
de l'Épiscopat catholique, Le Concile étudiait le passé, exa-
minait les archives de la foi, appliquait aux temps nouveaux
les vérités éternelles, et s'achevait par un acte mémorable qui
affermit l'Autorité et l'Unité dans le monde. C'était à la veille
du cataclysme. Depuis lors sont venus les guerres sanglantes, les traités douloureux, les siéges terribles, le feu, les
ruines de vos palais et le sang de vos prêtres dans les rues.
Ces événements contemporains ne sont-ils pas les signes vi-
sibles de la justice de Dieu sur le monde moderne, qui oublie

(1) S. G. Mgr Guibert, Archevêque de Paris.

a souveraineté divine ? N'est-ce pas la marche illuminatrice de la Providence ?

Il y a quatre ans, je vous le disais dans cette même chaire, et j'ose rappeler mes paroles : « Sans Jésus-Christ, tout est mis en discussion dans le cœur et dans la société humaine. Notre siècle voit se dresser devant lui le terrible problème de l'inégalité des conditions. Là est le nœud des difficultés actuelles, là est l'énigme posée au monde moderne par les idées et par les choses. Quelles que soient les illusions dont nous aimons à repaître notre heureuse tranquillité, de temps à autre de sinistres lueurs nous révèlent la profondeur du mal qui nous menace. Et l'on voit apparaître entre le riche et le pauvre un immortel antagonisme, sourd et latent quelquefois, bientôt public et formidable. A travers nos agitations actuelles, l'œil qui veut discerner le fond des choses aperçoit bien vite que la question sociale est le dernier mot de toutes nos luttes. Tous nous répétons que nous sommes à une époque de transition, qu'une vieille société est en ruines et qu'une nouvelle se forme. De là des tâtonnements, des hésitations : en haut de vives alarmes ; en bas d'ardentes et passionnées aspirations. Les camps se forment, et l'on se demande si le monde va devenir un champ de bataille, ou si un traité de paix va être signé entre les riches et les pauvres.»

Je vous suppliais de comprendre les sublimes et grandes responsabilités qui pèsent sur les classes riches et sur les classes élevées; je vous conjurais d'aller au peuple, ce privilégié de la famille de Jésus-Christ, avec des idées chrétiennes, des mœurs chrétiennes et des dévoûments chrétiens.

On crut alors que quelques-unes de mes paroles étaient d'imprudentes alarmes; pourtant, il n'y avait là que l'écho affaibli et anticipé, le cri précurseur d'une voix plus retentissante, la grande voix de vos désastres.

Et maintenant nous vous demandons si cette terreur du XIX° siècle ne serait qu'un incident pittoresque de votre vie séculaire. Est-ce que les dessins et les photographies de vos ruines ne seraient que les cartes frivoles de la douleur nationale? N'y a-t-il pas là un enseignement éclatant et fécond, que nul ne peut oublier ? Donc, vous m'accorderez les saintes libertés de la parole évangélique. L'Évangile n'est ni un missel du moyen âge que l'art admire, ni une friandise de dévotion entre deux fêtes, ni un livre de tribun qui soulève les multitudes. Le temps actuel n'est pas au discoureur élégant; mais c'est l'heure des apôtres, et j'espère vous donner une parole apostolique. Sans être ni le courtisan du pauvre ni le conspirateur avec le riche, sans me faire le complice des préventions d'en haut ou d'en bas, je tiens à vous redire que la crise que nous traversons est une des plus profondes et des plus terribles qu'ait connues notre race. Nous devons être pleins d'énergie et d'espérance, grandissant nos efforts, notre courage et notre foi à la hauteur de ces événements solennels, mais n'en redoutant pas l'issue dernière. Les sociétés parisiennes sont tombées ; mais il n'en saurait être de même pour la société qu'a touchée Jésus-Christ, pour les nations qui possèdent un ferment de l'Évangile, pour l'Europe, Rome, la France. Oui, votre France, malgré ses calamités inouïes et ses défaillances passagères, est toujours la fille aînée de l'Église et le Chevalier du droit dans le monde. Elle peut souffrir, elle peut perdre quelques lambeaux de sa chair territoriale; mais elle ne saurait mourir.

Elle ne mourra pas, si elle veut résoudre cette question plus profonde et plus douloureuse encore qu'on appelle la question sociale. Qu'elle forme une grande famille, qu'elle détruise ses haines intérieures, qu'elle conjure ce redoutable péril; et, retrempée dans l'épreuve, raffermie dans la foi, votre patrie reprendra sa place d'honneur et sa mission dans le monde.

Quelle est donc la force de ce péril social?

Quelles en sont les causes ?

Quels en sont les remèdes et quels sont nos devoirs devant ce péril?

Telle est la triple question à laquelle j'essayerai de répondre.

Votre bienveillante sympathie, dont ce grand auditoire est le vivant témoignage; votre intelligence et votre foi suppléeront aux lacunes et aux ombres inévitables dans un si vaste sujet ; vos cœurs répondront avec générosité à l'appel de ces hommes de foi, de ces jeunes et vaillants défenseurs de leur pays, qui aiment à se faire, dans les Cercles d'ou-

vriers, les plus fidèles et les meilleurs amis des classes labo
rieuses; vos aumônes seront à la hauteur de leur zèle.

Monseigneur,

Votre présence me soutient dans cette chaire. Je ne puis
oublier que, jeune prêtre, j'ai été convié à évangéliser votre
premier diocèse; et là déjà vous étiez noblement occupé à
réconcilier le pauvre avec le riche. Depuis lors, vous êtes
monté sur le Siége de saint Martin, et vous avez enseigné aux
riches populations de la Touraine à partager leur manteau;
là encore, vous m'avez appelé à parler pour la construction
de cette grande basilique, œuvre hardie qui est tout à la fois
un illustre souvenir du passé et une des meilleures espérances de l'avenir. La couronne de saint Denis vous a été of-
ferte; vous vouliez décliner l'Honneur, mais votre cœur ne
pouvait récuser le Sacrifice et le Dévoûment. Vous êtes assis
sur ce Siége de Paris empourpré du sang de trois Archevê-
ques. Vous vous êtes dit: « J'irai à cette mission, j'irai vers
les ouvriers de Paris pour les bénir et les aimer.... »

I

Comment l'antagonisme social a-t-il aujourd'hui une inten-
sité, une énergie aussi universelles? et d'où peut venir cette
vigueur de haine? Ne nous faisons pas illusion. Il y a là un
fait qui n'est pas purement humain. Il a fallu une intervention
surnaturelle pour avoir transformé jadis la femme païenne;
pour avoir fait de l'élégante, de la brillante Athénienne une
sœur de charité. Eh bien! pour avoir fait tomber l'ouvrier
chrétien au rang de démolisseur, il a fallu aussi une intervention plus que naturelle: c'est l'œuvre de l'antique Ennemi, c'est l'œuvre de celui qui fut homicide dès le com-
mencement.

A ne voir que le côté humain des choses, je vous le disais,
l'ouvrier est devenu une puissance intellectuelle: il lit, il

écrit, il parle ; les grands courants de la pensée circulent dans ses ateliers ; les livres, les journaux l'initient à la science ; il a droit à cette instruction qui monte et il ne recule pas devant l'étude.

Les ouvriers sont une puissance politique : ils jettent dans les urnes électorales où se balancent les destinées des peuples le poids de leurs suffrages toujours courtisés avec ardeur.

Ils sont une puissance sociale : ils se promènent en triomphateurs dans vos palais de l'industrie et se vantent d'être les créateurs de ces tissus, de ces meubles et de ces machines qui font votre civilisation.

Ils sont une puissance internationale : ils se tendent la main par-dessus les frontières et forment une force cosmopolite.

Cette puissance qui a pris un nom, qui s'est campée dans le monde, a-t-elle été désarmée, ou a-t-elle vu ses phalanges amoindries ? Nous ne le croyons pas. Et aujourd'hui, elle est tout à la fois une *doctrine qui s'affirme*, une *armée qui s'avance* et une *église qui s'organise.*

C'est une « doctrine qui s'affirme » et qui a à sa base ces deux principes fondamentaux : « L'homme naît bon et la société est mauvaise. » De là on arrive à formuler cette conclusion terrible que le travailleur est la victime de deux oppressions : l'oppression religieuse qui tyrannise sa conscience ; l'oppression sociale, qui tyrannise son existence. « J'ai donc, dit l'ouvrier, à me débarrasser de deux forces : la force de la foi, qui est un spectre devant mes idées ; la force du capital, qui est un obstacle devant mon bras. »

La négation du péché originel, l'apothéose de la nature humaine, l'idée de rédemption et l'espoir d'une vie future rattachés au développement progressif du bien-être sur la terre ; un symbole qui fait du Dieu-Humanité l'origine et le but de toutes choses ; voilà cette doctrine, panthéisme vulgarisé qui devient accessible à toutes les intelligences et qui passionne toutes les convoitises.

Cette doctrine, qui détruit l'histoire, qui méconnaît les réalités vivantes de l'homme, qui brise le lien de la terre au ciel, est révélée dans les journaux, racontée dans les cercles, pro-

mulguée avec éloquence devant les angoisses de la vie matérielle; elle a ses chants dans l'atelier, elle a ses apôtres à
l'Orient et à l'Occident, elle réclame dans le monde sa part
de liberté et son droit au soleil. Les voiles sont déchirés; les
doctrines ne sont plus, comme le prétendait un incrédule
moderne, « de paisibles et inoffensives recherches (1)... » Lui-
même l'avoue: « La question de l'avenir de l'humanité est
« tout entière une question de doctrine; la philosophie seule
« est compétente pour la résoudre;... les réformes sociales
« ne peuvent être obtenues par l'extinction que des croyan-
« ces théologiques. »

Voilà donc ces idées descendues dans les régions populaires, enlevant à l'homme la résignation énergique et la douce
espérance, lui soufflant au cœur la soif ardente des jouissances. Telle est la doctrine qui s'affirme, et qui, si elle était
victorieuse, imposerait au monde une universelle conflagra-
tion.

C'est plus qu'une doctrine; c'est une armée qui s'avance.
Les théories restent souvent, en Allemagne, à l'état de lettre
morte, dans le cabinet d'un rêveur. Mais le peuple français, à
l'esprit alerte et pratique, traduit vite la doctrine en action.
L'idée n'y reste jamais dans le silence de l'étude; elle devient
un acte, elle charge l'arme meurtrière et va bientôt se poser
en démolisseur sur une barricade. Vous avez été autrefois
les pionniers de la civilisation chrétienne; et aujourd'hui c'est
de votre sein que partent, vivants et actifs, les précurseurs
de la destruction sociale.

Ce qu'on a nommé, dans un langage étrange, le progrès
de l'idée, est devenu, sous nos yeux à tous, une armée or-
ganisée et terrible: les chefs, les cadres, les phalanges exis-
tent. Cette puissance ne se borne plus au rôle d'un état dans
les états; elle aspire à devenir le seul gouvernement du
monde moderne. L'*Internationale*, jeune de quelques années,
mais forte de son audace, des faiblesses et des divisions de
tous, s'élance à la conquête du monde. Nier cette force, c'est
s'endormir en de périlleuses illusions; et naguère un organe
de la publicité, facilement sceptique sur les dangers de notre

(1) M. Renan.

époque, s'écriait : «Nous l'avouons, nous nous sommes mo-
« qués de cette étrange association. Eût-on cru, il y a quatre
« ans, qu'elle était appelée à jouer un tel rôle dans l'univers ?
« eût-on alors deviné son importance future, ses progrès
« rapides et inouïs ? Pour assister dans l'histoire au specta-
« cle d'une organisation aussi formidable et d'une propa-
« gande faisant des milliers et des millions de prosélytes, il
« faudrait remonter aux premiers temps, à la naissance
« même du Christianisme (1). »

Le parallèle est juste. Cette armée qui s'avance à l'assaut
de la société moderne, comme d'une citadelle qu'elle veut
emporter, devient une église qui s'organise. Voilà maintenant
cette puissance qui s'adresse à l'esprit faible des enfants, au
cœur passionné des femmes, aux existences laborieuses de
l'ouvrier ; la voilà qui soulève des peuples par ce cri que
nous avons naguère entendu dans un congrès : « Oui, nous
sommes la Haine et nous avons besoin de haïr. » Cette
société a ses catacombes secrètes, son baptême initiateur,
ses rites, ses sacrements, sa loi, sa discipline. Armée de sa
doctrine et de son organisation, cette église nouvelle cher-
che à dominer l'espace et veut à son tour porter sur son front
le signe vainqueur de l'universalité. Elle ne veut pas être
contenue dans les barrières nationales ; la patrie l'opprime ;
il lui faut d'autres horizons ; sur les autels brisés du Christ,
sur les débris de nos croyances, elle espère s'élever à jamais
comme la religion des temps nouveaux et la foi des peuples
à venir.

Cette église, vous dis-je, a ses apôtres, et se flatte, dans
l'ère sociale qui s'approche, d'écrire ses triomphes sur les
tombeaux du Christianisme.

Malgré sa jeunesse, malgré sa vigoureuse et terrible expan-
sion, ne nous effrayons pas. Elle ne peut ravir ce qui appartient uniquement à l'Église catholique, ce que Dieu lui
a donné contre les divisions humaines, l'Unité et l'Universalité. Elle est le mépris ; nous sommes le respect. Elle est la
haine ; nous sommes la tendresse.

Ah ! nous aussi, nous avons été une doctrine, une armée,

____

(1) *Times.*

une église, et nous l'avons été dans la lumière et dans la paix : doctrine vivante, armée pacifique, église virginale et féconde. Nous étions douze pauvres, douze travailleurs; nous avons eu nos pieds humblement lavés par un Dieu qui s'est donné à nous et nous a fait une loi d'amour; nous avions communié à Lui dans un mystère ineffable; nous étions les dédaignés, nous étions les méprisés. Et nous sommes venus dans vos grandes cités d'Athènes et de Rome, et nous avons sillonné le monde pour le transformer et le faire monter jusqu'à Dieu !

Il y a bien des siècles — c'était au lendemain des sanglantes persécutions de Néron, — quelques pauvres de la grande Rome avaient entendu parler aussi d'une « nouvelle organisation; » ils avaient rencontré sur le chemin d'Ostie quelques vieillards qui s'inclinaient dans la méditation, et qui regardaient le ciel. Ces vieillards inconnus, ils disaient aux petits, aux esclaves, aux opprimés d'alors : « Ami, frère, viens à moi. Descends dans les catacombes que nos mains ont creusées : là tu trouveras de douces et saintes images; tu verras, sur une croix maudite, une rayonnante et suave figure : c'est le Maître du ciel et de la terre, qui s'est enveloppé de notre pauvre vêtement humain; des clous ont perforé ses mains et une lance a ouvert son cœur; tu baiseras ses pieds, et sur ton front tombera une goutte de l'eau et du sang qui jaillit de ses plaies; tu te relèveras, aimant ce Dieu, et aimant tes frères. Viens, et nous sortirons de ces catacombes, nous irons aux arènes, nous saurons donner notre sang. Et notre sang, mêlé à celui qui tomba jadis aux cimes du Calvaire, atteindra le cœur de nos maîtres, de nos persécuteurs. Et nous bâtirons le monde moderne; nous élèverons jusqu'au ciel les cathédrales où le peuple chantera sa liberté dans l'honneur de sa foi; nous construirons des hôpitaux où les princesses baiseront les pieds des pauvres; nous ferons des universités d'où les fils des pâtres illumineront les sommets du monde : nous ferons la société, la civilisation chrétiennes. »

Voilà ce que disait à l'ouvrier païen, l'apôtre du Christ sous le glaive des Romains. Après dix-neuf siècles de Christianisme, il y a aujourd'hui d'autres catacombes. On n'y voit plus descendre le travailleur, sortant des hontes et des servitudes du paganisme, mais l'ouvrier chrétien, entraîné par le missionnaire de la révolte. Il s'en va, abjurant la foi de sa mère, dans les catacombes des sociétés secrètes, et de là s'élance, non pour mourir par amour sur le sable du Colisée, mais, la torche ou le fusil à la main, pour brûler vos palais et tuer vos prêtres.

II

Le péril est donc grand; il est là sous nos yeux. Les théories les plus subversives, les actes les plus démolisseurs s'étalent avec audace et se propagent avec une ardeur qui grandit chaque jour. D'où vient, d'où vient cette haine contre l'ordre social? Qui a produit cet antagonisme et créé cette lutte gigantesque? Est-ce un fruit soudainement apparu sur l'arbre de notre civilisation moderne? Comment a-t-il eu cet épanouissement rapide? Ah! nous étions fiers de notre époque; nous regardions avec orgueil cette société qui avait grandi, depuis plus d'un demi-siècle, dans la paix, dans l'industrie, dans l'art, et qui semblait ne devoir être troublée que par des révolutions heureuses, pour conquérir encore plus de bien-être, encore plus de lumière et plus d'éclat.

Tout d'un coup, un orage a fait passer de ténébreuses lueurs sur cette brillante société; et nous avons compris que notre prospérité moderne était mal assise.

La haine indomptable est apparue, plus vivante et plus énergique. A quelle époque cependant a-t-on plus travaillé pour le peuple? Les crèches, les asiles, les écoles et les patronages se sont multipliés dans toutes les cités; les hospices, ces palais de la charité, sont partout; d'autres œuvres préparent l'aliment quotidien à celui qui n'a pas de pain; la mansarde est visitée; les invalides du travail sont recueillis. Jamais il n'y eut communion plus complète de la richesse à la misère. La Religion suscite ces innombrables familles de Filles de la Charité et de Petites Sœurs des Pauvres. La philanthropie a réclamé sa place dans cette croisade pacifique. Sous un souffle de compassion humanitaire, elle s'est émue de toutes les misères de ce monde; elle a étudié les blessures de l'humanité, et les œuvres de bienfaisance ont germé, nombreuses et retentissantes, dans notre vieille Europe comme dans la jeune Amérique. L'économie sociale a apporté son tribut de recherches sur les causes de la détresse publique; la littérature, dans ses livres et jusque sur ses théâtres, a raconté les souffrances du peuple et a fait appel à l'activité de tous. Le peuple a-t-il été consolé? s'est-il montré heureux de cette pitié publique? garde-t-il quelque reconnaissance pour cette compassion universelle qui l'enveloppe depuis le berceau jusqu'à la tombe?

Spectacle inouï! Étrange contradiction! Jamais du sein du peuple ne s'est élevé une plus grande clameur et une plus immense révolte.

Allons au fond des choses; pénétrons les causes secrètes; ne nous bornons pas, pour éteindre un incendie, à écarter les étincelles; mais allons au foyer, allons au centre de ce mal public.

La cause? Je vous la dirai sans réticence. Vous n'avez plus voulu de Dieu dans l'ordre social; vous l'avez relégué loin de vos lois, loin de vos constitutions et de votre vie publique; à vos yeux il ne doit être ni la source, ni l'inspirateur, ni le protecteur des droits de tous. Le peuple alors n'a plus vu Dieu dans votre charité, dans votre ordre social, et il s'est dit : « Secouons le joug de ces insolents bienfaiteurs, de ces « innovateurs indiscrets : c'est assez servir de jouet aux ex- « périences de leurs rêves philanthropiques. Nous aussi, « nous sommes amis de l'humanité et prétendons avoir le « droit d'exercer notre bienfaisance à son égard. Et ce que « nous voulons pour cela, c'est gouverner le monde : car, « pour faire jour à nos inspirations, il nous faut être les « maîtres. Ce que nous voulons par-dessous tout, c'est « avoir la satisfaction de faire tendre la main à ceux qui « nous humilient de leur pitié. »

Et certes, je comprends, jusqu'à un certain point, ce réveil de la fierté des masses. Le peuple a sa dignité, et il ne se contentera jamais d'une assistance puisée dans la raison ou dans le sentimentalisme purement humain. S'il ne voit Dieu à travers sa misère et Dieu à travers votre don, il prétendra, au nom de sa liberté qui égale la vôtre, posséder comme vous, jouir comme vous, et il se révoltera contre ce qu'il appelle les injustices du sort.

Ah! philanthropes humanitaires, qui que vous soyez, vous qui voulez faire le bien de votre semblable en dehors des saines doctrines de la foi catholique, croyez-vous n'être pas responsables de la haine profonde qui a creusé l'abîme entre deux grandes classes de la société, entre les riches et les pauvres? N'avez-vous pas humilié le peuple en offensant sa dignité? Oui, vous avez porté sur lui une main sacrilége : cette main, en effet, devait être une main consacrée à Dieu par le dévoûment d'une âme chrétienne ; elle devait être un instrument docile entre les mains de Dieu. Et vous, vous avez commencé par apostasier le Christ et par ne plus vouloir servir l'Église ; vous n'avez voulu dépendre que de votre nature pour faire le bien, et non de la grâce divine. C'est alors, c'est ainsi que vous avez osé toucher le peuple. Mais le peuple, sachez-le bien, ne se laisse toucher que par Dieu !

Vous avez voulu dire au peuple : « Tu es la propriété de ma bienfaisance ; j'expérimenterai sur toi les sensibilités de mon âme. » Mais le peuple, sachez-le encore, n'est la propriété que de Dieu, et il n'accepte que les dons de Dieu. Je ne m'étonne plus que votre or soit insuffisant pour vous concilier l'affection du pauvre, pour vous valoir sa reconnaissance. Savez-vous ce qu'a fait votre or? Il n'a servi qu'à vous acheter des insultes. Et vous n'avez fait qu'augmenter la blessure du pauvre, en envenimant la douleur de sa misère !

Sachons donc une bonne fois reconnaître les causes logiques de cette guerre sociale. Je les vais résumer en quelques courtes formules :

« Dieu a créé la société sous les ombrages de l'Éden, et, depuis six mille ans, rien n'a pu renverser l'œuvre divine.

« Tous les rapports de l'homme avec l'homme, c'est Dieu qui en est le premier auteur. »

Eh bien! comment voulez-vous que ces rapports subsistent, si Dieu est chassé ; et que la société se maintienne, si l'on fait abstraction de son auteur? Voilà la cause, la grande cause du mal.

Dieu étant retiré par nous du gouvernement de ce monde, Dieu étant remplacé par la raison, il ne reste plus ici-bas qu'égoïsme et isolement : car, enfin, une intelligence vaut une autre intelligence, un cœur un autre cœur. Chacun se croit l'égal de son voisin. Il y a là un égoïsme nécessaire, et cet égoïsme conduit fatalement à une lutte immense.

Mais Dieu ne s'est pas contenté de créer la société à l'origine des choses : il s'est incarné, et Jésus-Christ a fait à notre monde l'honneur de le visiter. Dès lors, Jésus ne saurait être que le Roi de cette société qu'il a sauvée : non pas seulement le Roi des âmes, mais le Roi des peuples, puisqu'il a visité les peuples comme les âmes. On ne peut impunément le faire attendre à la porte comme un mendiant. Jésus-Christ ne veut pas, ne peut pas être un comparse; il ne veut, il ne peut être que Roi.

« Roi des peuples, » disais-je. Or, s'il y a ici-bas un peuple qui a compris et aimé cette royauté du Christ, c'est la France, c'est cette nation qui avait fait un traité d'alliance avec Dieu dans le baptistère de Reims; c'est la France, cette même France dont on voudrait faire aujourd'hui un peuple de rêveurs et de voluptueux, de sophistes et de démolisseurs. Croyez-le bien : Jésus-Christ, avec sa crèche et sa croix de bois, n'a pu accepter à Rome un autel au Panthéon, entre Jupiter et Vénus; il ne peut, dans sa France chrétienne, dans sa nation d'élite, avoir un poste de pitié et le recevoir, comme une aumône, entre la Bourse et l'Opéra, entre le veau d'or et la danseuse. Lui donc; Lui, l'immortel Roi des siècles et des nations, revendique au fond des cœurs et dans la vie sociale la place la plus intime, la plus sacrée, la place élevée et populaire d'une souveraineté sans égale.

Et cependant, nous avons vu successivement deux Écoles affirmer parmi vous que « l'on peut organiser une société sans Dieu et sans Jésus-Christ. » Il est temps de les voir à l'œuvre.

L'école philosophique se faisait l'illusion qu'elle pouvait, dans ce qu'elle appelait les régions élevées, se livrer à tous les plaisirs intellectuels de la négation, à toutes les fêtes délicates de la pensée pure, sans que le contre-coup se fît sentir dans le mécanisme social. Elle dédaignait les consé-

quences pratiques de ses aventureuses spéculations. « Le
« penseur, disait-elle, ne se croit qu'un bien faible droit à
« la direction des affaires de sa planète ; la pensée pure ne
« demande que le royaume de l'air : semblables à de purs
« esprits, placés en dehors des intérêts, des passions, des
« événements de leur époque, les chefs de la pensée abs-
« traite *ne se doutent pas qu'il y ait une société humaine, ou*
« *du moins ils spéculent comme s'il n'y en avait pas* (1). »

Ces habiles et ces délicats, dans leurs Revues en vogue et
leurs livres en succès, appelaient Dieu, le grand Dieu Créateur et Père du genre humain, ils l'appelaient *une hypothèse
vieillie* qui a rendu des services provisoires à l'humanité ; cette
école dissertait agréablement sur le *ferment nerveux* qu'on
croit l'âme humaine ; elle avait de spirituelles ironies à l'a-
dresse de la vieille religion ; de l'Église, cet ossuaire antique ;
des prêtres, ces apparitions égarées dans le monde au milieu
de l'intelligence et de l'activité modernes. Cette école se van-
tait d'être l'aristocratie de la pensée ; elle créait à l'usage du
peuple une religion naturelle, une morale indépendante ;
elle croyait enfin qu'en jetant au peuple des urnes électorales
et en lui ouvrant des théâtres, le peuple serait heureux d'aller au scrutin, à l'école, à l'atelier et à la conscription, content de son lot et fier de ses rhéteurs. Lorsque ces idées
malsaines, parties des rangs élevés et passant par les classes
intermédiaires, sont entrées jusqu'au fond des masses, le
peuple, qui est un grand logicien, ne manqua pas de con-
clure. Entendez-le s'écrier — je vous dirai ses paroles avec
leur audacieuse franchise : « Vous nous avez enlevé la
« crainte gênante de l'enfer, et nous vous en remercions ;
« mais en même temps vous nous avez fait perdre l'espé-
« rance du ciel. Eh bien ! maintenant, il nous faut la terre,
« et nous l'aurons ! »

Voilà le peuple dépouillé de ses croyances, voilà le peuple
désarmé de ces douces et saintes convictions qui prêchent la
résignation et l'espérance. Il s'est alors rencontré avec l'école
révolutionnaire : « Que l'Église, lui a-t-elle dit, soit relé-
guée dans la sacristie. Elle nous récréait, quand nous

_____
(1) *Revue des Deux-Mondes*, 1er avril 1858.

étions jeunes, avec ses vitraux, ses cathédrales, ses chasubles d'or et ses fêtes ; mais aujourd'hui nous ne sommes plus en tutelle : il nous faut d'autres doctrines et d'autres joies. » L'école révolutionnaire ne connaît pas d'autre droit que la *légalité* : barrière fragile, rempart impuissant, quand l'insurrection est « le plus saint des devoirs, » quand l'humanité surtout a perdu de vue les hautes vérités de la foi et qu'elle réclame de notre terre maudite la satisfaction de convoitises inextinguibles. Le peuple incrédule, sans espoir vers le ciel et sans souci de son âme, arrive, par une fatalité logique, à un immense mépris de l'homme et à une haine immense de la société, qui n'est plus, à ses yeux, que le bâton du maître ou l'obstacle à ses plaisirs. Il se sent avili et il demande ses comptes à ceux qui lui ont enlevé le Christianisme et qui lui laissent le cachot, qui lui ont ravi l'Évangile et qui lui conservent le bourreau (1). Ni les mots pompeux, ni les phrases creuses, ni les brillantes déclamations sur le progrès ou la liberté, ne le satisfont plus; les suaves apparitions de la famille et la vue de la patrie en deuil ne l'émeuvent plus ; il n'entend pas qu'il y ait un droit supérieur à ses besoins, à ses rêves de chimérique égalité. Intraitable et ardent dans sa logique, il s'écrie : « Quand il y avait une religion « et une société, la propriété existait avec la sanction de « cette religion et de cette société : elle était légitime ; « dépouillée de cet abri et de cette sanction, elle n'est plus « qu'un fait sans droit. (2) » A cette légalité inquiète, à cette société tourmentée de ses perturbations qui répond au peuple : Ta part est faite, il répond : Autrefois je me contentais de cette part : il y avait un Dieu dans le ciel, un paradis à gagner, un enfer à craindre. Il y avait aussi sur la terre une société. J'avais ma part dans cette société : car, si j'étais sujet, j'avais au moins le droit de sujet, le droit d'obéir sans être avili. Mon maître ne me commandait pas sans droit au nom de son égoïsme ; son pouvoir sur moi re-

(1) Ce sont les paroles de Pierre Leroux, *Revue indépendante*, 1843.
(2) Ces paroles sont *textuellement* extraites de la *Revue indépendante*, par Pierre Leroux, publiées en 1843. Comme elles sont prophétiques ! comme elles prouvent que l'école philosophique n'est qu'une étape sur le chemin de la démolition sociale !

montait à Dieu, qui permettait l'inégalité sur la terre. Nous avions la même morale, la même religion. Au nom de cette morale et de cette religion, servir était mon lot, commander était le sien. Mais servir, c'était obéir à Dieu et payer de dévoûment mon protecteur sur la terre. Puis, si j'étais inférieur dans la société laïque, j'étais l'égal de tous dans la société spirituelle qu'on appelait l'Église. Là ne régnait pas l'inégalité ; là tous les hommes étaient frères. J'avais ma part dans cette Église, ma part égale à titre d'enfant de Dieu et de cohéritier du Christ ; et cette Église encore n'était que le vestibule et l'image de la véritable Église, de l'Église céleste, vers laquelle se portaient mes regards et mes espérances. J'avais ma part promise dans le paradis promis ; et devant ce paradis, la terre s'effaçait à mes yeux. Je reprenais courage dans mes souffrances en contemplant dans mon âme ce bien promis à mon âme ; je supportais pour mériter, je souffrais pour jouir de l'éternel bonheur. Je n'étais pas pauvre alors, puisque je possédais le paradis en espérance. J'étais riche, au contraire, de tous les biens que je n'avais pas sur la terre : car le Fils de Dieu en avait dit : « Bienheureux les pauvres sur « la terre ! » et je voyais autour de moi toute une hiérarchie sociale qui, prosternée aux pieds de ce Fils de Dieu, m'attestait la vérité de sa parole. Dans toutes mes douleurs, dans toutes mes angoisses, dans toutes mes faiblesses, dans toutes mes passions, et jusque dans le crime, la société veillait sur moi ; j'étais entouré d'hommes, mes égaux ou mes supérieurs, qui comme moi croyaient au Christ, au paradis, à l'enfer ; la milice de l'Église terrestre était à mon service pour me diriger et m'aider à gagner l'Église céleste. J'avais la prière, j'avais les Sacrements, j'avais le saint Sacrifice, j'avais le repentir et le pardon de mon Dieu. J'ai perdu tout cela. Je n'ai plus de paradis à espérer ; il n'y a plus d'Église ; vous m'avez appris que le Christ était un imposteur ; je ne sais s'il existe un Dieu ; mais je sais que ceux qui font la loi n'y croient guère, et font la loi comme s'ils n'y croyaient pas. Donc je veux ma part de la terre. Vous avez tout réduit à de l'or et à du fumier : je veux ma part de cet or et de ce fumier. »

« — Travaille, lui dit encore le spectre qui représente la société ; travaille, et tu auras ta part. »

« — Travailler ! je vous entends. Vous voulez que je continue à travailler pour des maîtres et des supérieurs, comme je le faisais autrefois. Mais je n'ai plus de maîtres, je ne suis plus sujet. Nous sommes tous libres, tous égaux. Vous me montrez les merveilles que j'ai bâties ; vous m'apparaissez parés des tissus que j'ai travaillés, triomphants dans les révolutions que j'ai faites. Nous ne pouvons consentir à rester les ouvriers maudits de votre bonheur. Et nos larmes et nos douleurs ne peuvent être le piédestal de vos succès. Votre légalité n'est que le barreau protecteur de votre or, et de vos joies, et de notre misère déshonorée. Que votre légalité sociale disparaisse donc avec la Religion que vous m'avez appris à mépriser. Qu'elle disparaisse, et que des ruines de vos arts, de vos sciences, de vos palais et de vos lois nous refassions un ordre nouveau où règne le prolétaire, vainqueur de votre société qui a détrôné Dieu. »

Qu'on ne m'accuse pas d'imprudentes exagérations en tout ce récit. C'est là la vérité, l'exacte vérité. Sur le bord des abîmes, il faut nous condamner à l'entendre et nous bien rendre compte de ces deux écoles, qui ont armé d'incrédulité et de haine cette puissance formidable du peuple.

Jadis, l'ouvrier avait l'honneur, l'appui et l'abri. L'honneur, qu'est-il devenu devant cette soif de jouir et ce besoin de mépriser ? L'atmosphère qui environne l'ouvrier lui apprend que s'enrichir par une longue épargne et un travail assidu, c'était l'ancienne route que suivaient nos pères en leur simplicité. Mais maintenant il y a des chemins raccourcis et plus commodes de la fortune rapide ; et les mœurs, et la presse qui répand la dérision sur tout, emportent aujourd'hui le dernier vestige du respect. Chose étrange ! dit un illustre protestant, les peuples ont perdu, dans la liberté la dignité qu'ils avaient dans la servitude (1).

L'ouvrier n'a plus son puissant appui des époques de foi. Sous l'inspiration chrétienne, sous le souffle vivifiant de l'Évangile, les Associations ouvrières s'étaient formées et

____

(1) M. Guizot.

avaient grandi. Le travailleur y vivait dans l'honneur et dans la fraternelle protection, dans la conciliation des droits et des devoirs, dans une solidarité librement et sagement acceptée.

Cet honneur et cet appui ont croulé; l'ouvrier se croit humilié et se sent isolé. Il n'a plus, comme autrefois, ces douces et grandes fêtes de la fraternité religieuse; il n'a plus ces solennités où tous ensemble, sous les bannières des Saints et tous égaux devant la croix de Jésus-Christ, ils allaient, vêtus de leur habit de fête et le cœur plein d'allégresse, escortés de leurs femmes et de leurs enfants, vers l'Église qui leur parlait de leurs devoirs et de leurs espérances. L'orgue les saluait comme les fils des rois; le prêtre se levait et les accueillait avec tendresse pour les bénir. L'histoire de Jésus, le Dieu travailleur; les peintures des Saints, les glorieux héros de la pauvreté et du travail; l'admirable image de la bonne Vierge, mère des humbles et des petits; la pensée des Anges du ciel; les arts merveilleux qui paraient le palais de Dieu, tout redisait à l'ouvrier les noblesses de son passé, les grandeurs de sa destinée rude et âpre, les sublimes espérances de son avenir. Dans ces fêtes du compagnonnage chrétien, l'ouvrier se connaissait une famille, la milice du paradis était avec lui, la fraternité chrétienne de la terre le gardait, et il retournait à son labeur quotidien, l'esprit illuminé de clartés souveraines, l'âme embaumée des parfums et ravie des harmonies du ciel.

Quand le jeune travailleur voulait avoir son foyer, se choisir une âme sœur et compagne de la sienne, il se préparait au sacrement de l'union conjugale par la prière et par la purification de la vie; il scellait au pied de l'autel l'alliance indestructible de deux cœurs, et tous deux cimentaient leur mutuelle tendresse par la bénédiction et par la présence du Dieu Sauveur. Dans l'abri pauvre et fumeux de ce ménage chrétien, il y avait des splendeurs et des joies que la terre ne peut pas donner : on croyait alors qu'avec la foi du Christ, les cœurs seraient inviolablement fidèles; les serments confiés à Dieu et à l'Ange gardien étaient des liens plus sûrs, plus doux et plus forts que ne le sont aujourd'hui une formule du Code civil et la chaîne du gendarme.

Le peuple avait un autre foyer dans le temps : c'était le dimanche. Il aimait ce jour d'honneur et de repos. Après avoir creusé un sillon qui ne rapportait pas pour lui, après avoir mangé le pain amer de son travail et de ses douleurs pendant la semaine, il avait besoin du dimanche. Il avait besoin de ne voir que des égaux sous les voûtes du temple, et de rencontrer la communauté chrétienne dans une même foi, dans une même espérance, dans une même charité. Lui, qui souvent se trouvait humilié en face d'un luxe dédaigneux, il avait le dimanche, sans humiliation, sa part légitime des bienfaits du Créateur et des richesses de la création. Son âme s'élevait sans peine jusqu'au monde invisible de la Vérité et de l'Amour. Le matin, devant l'autel du Sacrifice, sous le coup de la parole sainte, il chantait le vieux symbole de ses pères ; et le soir, à l'office attendrissant des Vêpres, il redisait avec un frisson d'enthousiasme : Louons le Seigneur; il a regardé le pauvre dans sa poussière et l'a placé parmi les princes du peuple : *De stercore erigens pauperem, ut collocet eum cum principibus populi* (1).

Et maintenant, que sont devenus l'honneur, l'appui et la famille du travailleur ? Vous avez détruit les vieilles Associations chrétiennes ; la famille est tombée sous les sophismes de vos romanciers et les ironies de vos mœurs publiques ; le dimanche a été emporté par les calculs insensés des grands producteurs ; les tavernes, les théâtres des faubourgs et les clubs conspirateurs ont remplacé les Assemblées chrétiennes. Et l'on a jeté l'outrage à la foi antique et à la sainte Église, en disant au peuple : L'Évangile n'est que le testament d'une société agonisante (2). Et encore : Avec son admirable instinct, le peuple ne voit pas dans le socialisme un parti ; il y voit une religion : la religion des classes déshéritées.

Le peuple a entendu ces doctrines. Il a préféré le cabaret et la société secrète à l'Église. Il n'a plus l'association chrétienne : il s'est livré à la conspiration souterraine. Il n'a plus les joies austères et nobles du mariage chrétien. Il n'a

(1) Ps. 112.
(2) *Histoire populaire de la philosophie.*

pas toujours la liberté du dimanche : il organise la licence du lundi. Il va ruiner son corps et déshonorer son âme par ces nouvelles fêtes hebdomadaires ; il boit dans la coupe de son irréligion les sueurs de son travail, les larmes de son épouse et l'avenir de ses enfants. Sous les excitations de l'ivresse ou de la haine, il revient à son foyer : sa famille l'accueille avec effroi ; elle rougit de cette autorité paternelle qui se révèle par la brutalité de la parole. Multipliez dans les cités ces drames attristants : les enfants grandissent à la clarté de ces scènes effroyables, ils puisent là des convoitises inextinguibles et le droit de mépriser. Devenus jeunes hommes, ils ont besoin de combattre cette société qu'ils méprisent, et ils rencontrent des complices sur tous les chemins de l'esprit moderne. La presse élégante et modérée s'unit au pamphlet qui insulte la foi ; la dérision sur les choses saintes éclate dans toutes les feuilles publiques. Et tous ces flots pressés de l'incrédulité et de la calomnie forment bientôt dans l'air ces tempêtes qui emportent, avec le dernier vestige du respect, les fragiles remparts de l'ordre social.

Certes, nos cités offrent d'honnêtes et généreux ouvriers, des travailleurs avides de dignité et de prospérité morale. Mais, trop souvent, ne rencontrez-vous pas au déclin du jour, les lundis, ce travailleur de vingt ans, paré de sa blouse qu'il porte avec orgueil, jetant un regard méprisant sur vos palais et votre luxe, et redisant ce refrain que l'Europe a trop entendu et qui n'est qu'un cantique de haine contre l'organisation sociale :

> Qu'un sang impur abreuve nos sillons !

Voilà donc les douloureux et lamentables résultats de l'école philosophique qui veut une société sans Jésus-Christ, de l'école révolutionnaire qui veut un droit sans Dieu ! Elles ont très-logiquement produit l'école de la jouissance, du mépris et de la haine. On a semé des vents : on ne peut récolter que des tempêtes.

III

Nous venons de vous révéler les profondeurs du mal ; nous avons étudié les causes qui l'ont engendré ; notre civilisation ne paraît être qu'un frêle et brillant vernis qui recouvre une charpente vermoulue et pourrie.

Faut-il se désespérer et ne pas apporter sa part légitime de confiance et de sacrifices dans cette grande œuvre de la régénération sociale ? En d'autres termes, quels sont nos devoirs vis-à-vis de ce peuple que le Seigneur a tant aimé, et que nous devons, à notre tour, servir en des dévoûments que rien ne lasse ?

Nos devoirs peuvent s'exprimer comme ceux que nous avons vis-à-vis de Dieu.

Nous devons croire au peuple, espérer en lui, l'aimer.

Croire au peuple, c'est avoir foi à la dignité qu'il a reçue par la création, dignité qu'il a reconquise et dont le christianisme l'a revêtu ; c'est avoir foi à la noblesse de son origine, comme aux ascensions qui lui sont réservées. Ne servez pas le peuple parce que c'est une puissance populaire qui vous menace, parce que c'est une force qui dispose d'une majorité électorale ou d'une brutalité matérielle. Mais croyez au peuple comme à une création divine que le Christ a baignée des splendeurs de son sang, a nourrie de sa chair libératrice, et dans laquelle il recrute les apôtres de son Église et les élus de son ciel. N'a-t-il pas dit : *Tout ce que vous ferez au plus humble de mes frères, c'est à moi que vous l'aurez fait ?* N'a-t-il pas, à la dernière Cène, dans cette adorable donation de sa parole et de son être, n'a-t-il pas reconstruit la fraternité humaine, divisée, et n'a-t-il pas présenté le type futur des magnanimes dévoûments, en se mettant aux pieds du peuple et en lui donnant sa chair à manger et son sang à boire ? Les incomparables souvenirs du Cénacle, la perpétuelle réalité du Don divin, voilà les sources fécondes où le peuple puisera la guérison de sa misère et l'héroïsme du fraternel amour...

Jésus, le Seigneur et le Maître, se lève et prend un linge qu'il met autour de lui, s'agenouille devant ses apôtres ; puis, versant de l'eau dans un bassin, il commence à leur laver les pieds et à les essuyer.

«Après qu'il leur eut lavé les pieds, il reprit ses vêtements, il se remit à table et leur dit (1) : « Savez-vous ce que je « viens de faire? Vous m'appelez Maître et Seigneur; vous « avez raison, car je le suis. — Si donc je vous ai lavé les « pieds, moi, votre Seigneur et Maître, vous devez aussi « vous laver les pieds les uns les autres. — En vérité, en « vérité, je vous le dis, le serviteur n'est pas plus grand « que son maître... — Les rois des nations les dominent; « pour vous, n'en usez pas ainsi : mais que le plus grand de-« vienne le plus petit ! »

C'est ainsi qu'à notre tour nous devons laver les pieds du pauvre, les pieds du peuple, c'est-à-dire, écarter ses préjugés, dissiper ses préventions et détruire ses haines. Allons à lui avec l'eau limpide de la foi et le linge béni de la tendresse. Nous ne voulons ni exciter en lui de périlleuses aspirations, ni le prendre comme un piédestal pour nos ambitions, ni lui faire l'aumône d'une compassion philanthropique. Nous avons foi en lui, et nous lui disons qu'il est le fils de Dieu, le frère de Jésus-Christ, l'héritier de son ciel. Son berceau, c'est une crèche ; sa vie, c'est une croix ; sa nourriture, c'est le pain vivant du tabernacle, et ses espérances, c'est le Paradis, dont les perspectives s'ouvrent à ses yeux. Le peuple ne s'y trompe pas : il sait quand on vient à lui avec la foi en lui et en son éminente dignité. Et il accueille comme des envoyés de Dieu ceux qui lui apportent la fraternité dans le respect de leur âme...

Il faut espérer dans le peuple. Trop souvent, on le regarde de loin; on n'entend que le bruit de ses rumeurs ou de ses agitations; on ne voit en lui qu'un ennemi, et l'éloignement et les défiances grandissent là où devaient naître les sympathies et les espoirs de réconciliation. Les craintes de ces forces populaires et de ces éléments nouveaux qui entrent en activité dans le monde social, amènent souvent des lassitudes; puis, en face des périls menaçants, les meilleurs esprits se laissent aller à des terreurs exagérées, et les vo-

____

(1) Joan., XIII.

lontés les plus fermes succombent au découragement. Gardons-nous de cette plaie moderne qui incline les têtes et fait fléchir les cœurs ; ne nous laissons pas envahir par cette maladie des lâches, et sachons comprendre que les nations chrétiennes sont des nations guérissables. Nous sommes tous les ouvriers de cette grande œuvre de transformation sociale : dans cette croisade pacifique, n'oublions pas le mot de M. de Maistre, « qu'il n'y a de batailles perdues que celles qu'on croit perdues ; » et souvenons-nous de cette autre parole d'un écrivain moderne : « Les pessimistes ne « sont jamais que des spectateurs ; il n'y a que les optimistes « qui fassent quelque chose (1). »

Donc, soyons des optimistes, malgré tous les désastres publics. Espérons dans le peuple : car il y a en lui une âme, un baptême, des fibres qui n'attendent qu'une impulsion chrétienne pour produire de nouveau des harmonies trop oubliées. Sommes-nous donc plus loin de la résurrection du peuple qu'à l'heure où les Apôtres l'ont rencontré avili sous le despotisme païen ? Avons-nous plus d'obstacles et aurons-nous moins de courage que les moines qui ont travaillé les hordes barbares au seuil du moyen âge ?

Il faut aimer le peuple. C'est notre devoir le plus sérieux, le plus difficile, le plus délicat : car le peuple sait fort bien discerner la véritable tendresse des contrefaçons qui l'imitent ou des hypocrisies qui la déshonorent. Il sait comprendre l'accent sincère du cœur qui vient à lui, et il en est ému : car, s'il a besoin d'une dignité, il sent encore plus le besoin de sympathie. Mais il ne suffit pas de l'aimer à distance, de lui jeter quelques secours et de se retirer ensuite dans une abstention désintéressée. Non, non : il est nécessaire d'aller se frotter au contact de ses douleurs, de se mêler à ses joies ou à ses tristesses, d'aller prendre sa part de tous ces drames attristants qui se passent dans le cœur de la femme ou de l'enfant du peuple. La vie populaire dans nos grandes cités est un champ de bataille bien ensanglanté : des cœurs pleurent, des consciences s'agitent, des âmes sont en ruines, des foyers sans pain et sans feu, des vieil-

(1) M. de Tocqueville.

lards sans appui, et des jeunes gens indomptés, sans doctrine et sans espoir. Non, encore une fois, il ne suffit pas
de regarder de loin ces émouvants spectacles : il faut descendre des cimes de son bonheur, de sa fortune ou de ses dé-
licatesses intellectuelles, et aller bien près de ces souffrances, de ces luttes, comme va une sœur de charité, qui s'incline sur la plaie de l'infirme qu'elle veut guérir. Les discours pompeux de salon, les phrases sonores de l'académie,
les plaintes de l'économie sociale ne sont pas le vrai amour
du peuple. Ce vrai amour se puise au cœur de Dieu, au
cœur du Sauveur : il s'en va, comme saint Louis, laver les
pieds du pauvre ; comme sainte Élisabeth, lui baiser les
plaies ; comme saint Vincent de Paul, s'envelopper de ses
vêtements pour vivre de sa vie et souffrir de ses souffrances !

La sainte Église, depuis des siècles, garde le secret de cet
héroïque amour, et le souffle à tous ses fils. A l'heure présente, elle s'incline sur notre monde vieilli, comme Jésus
sur le tombeau de Lazare, et sa magnanime sollicitude lui
rendra la vie et la beauté. Il n'y a pas de *basses classes* pour
l'Église ; il n'y a que des hommes créés à l'image de Dieu et
prédestinés au ciel ; il n'y a que des âmes dont elle est pas-
sionnément éprise pour en faire les tabernacles de l'Esprit-
Saint. Aussi a-t-elle créé les familles des épouses du Christ,
qui deviennent les servantes du peuple, et les « hôtels de
Dieu, » qui en sont les palais.

Armés de cette foi, de cette espérance et de cet amour, il
vous sera facile d'aller au peuple pour l'affranchir, le pacifier et l'élever. Qui donc a plus besoin que le peuple de vrai
affranchissement ? N'est-il pas l'esclave des tribuns qui l'ex-
ploitent, des journaux qui le trompent et des politiques qui
le séduisent ? Son intelligence est opprimée par des idées
fausses, son cœur se nourrit de profondes haines et sa conscience subit les chaînes des préventions qui le dominent.
Y eut-il jamais pareille oppression intellectuelle dans le
monde ? D'un pôle à l'autre, la presse, cette messagère active et séduisante, sème les erreurs, multiplie les hostilités
et forme une atmosphère d'idées malsaines qui écrasent le
peuple et le conduisent à insulter tout ce qui a fait la civili-

sation chrétienne. Tout conspire pour river ces chaînes du peuple. La Révolution en a l'instinct habile : elle sait que, du jour où elle aura fait taire la voix des prédicateurs évangéliques, où elle aura ravi l'enfance aux prédications chrétiennes, étouffé les chants de l'amour infini et de l'immortelle espérance, elle sait que le peuple sera mûr et deviendra le plus formidable instrument de démolition. Aussi, voyez quelles adresses multipliées et quels efforts continus afin de chasser des regards de tous la sainte et douce image du Christ : on ne veut plus que sa figure sourie à l'enfant et domine son école ; on l'exile des hôpitaux ; il ne doit plus bénir le pauvre mourant et illuminer d'espoir sa couche douloureuse. N'est-ce pas, en vérité, le crime le plus grand que d'enlever au peuple ce Dieu Sauveur qui a ennobli la pauvreté, le travail et la souffrance ? O vous, fils de la sainte Église, allez comme des anges rapides à cette nation déchirée : *Ite, angeli veloces, ad gentem convulsam et dilaceratam ;* allez lui porter la vérité chrétienne. Que ce souffle lumineux et vainqueur balaye ces flots d'outrageantes doctrines ; qu'à travers votre apostolat, et surtout qu'à la clarté de vos convictions et de vos exemples, le peuple revienne baiser les pieds ensanglantés du Christ ; qu'il se relève de ce contact divin ; qu'il reconquière sa dignité perdue et sa liberté enchaînée, et que l'âme du peuple réponde enfin à l'invincible cri de délivrance poussé au Calvaire, il y a dix-huit cents ans. Sachez-le, et que le peuple le réapprenne : il n'y a que la vérité évangélique qui puisse vous débarrasser des tribuns, des flatteurs et des despotes : *Veritas liberabit vos.*

Le peuple surtout a besoin d'être pacifié. Ne dirait-on pas que les classes dominantes n'ont eu qu'un seul but depuis plus d'un demi-siècle : « susciter la guerre sociale dans les entrailles d'une nation ? » La plume et la parole, qui devraient être les organes de la Vérité et de l'Amour, sont devenues les véhicules les plus actifs des défiances et des haines ; et, sur votre vieux sol français, où l'on ne devrait entendre qu'un seul battement de cœur dans l'unité nationale, vous offrez au monde cet effroyable spectacle d'un peuple en lutte et de batailles civiles jusque sous le regard insolent du vainqueur étranger. Quand les lumières de l'Évangile baissent dans les âmes; quand les ombres s'avancent et qu'il se fait tard; quand Jésus-Christ n'est plus le soleil du peuple, l'homme, sans Dieu et sans foi, reste seul à son « jardin des olives, » et il ne voit plus alors que la terre qu'il convoite et l'homme qui lui fait obstacle : *Homo homini lupus*, dit un vieux proverbe. L'homme, en effet, est une bête féroce pour son semblable, et il ne pourra l'aimer ni sûrement, ni fidèlement, ni persévéramment, comme s'exprime saint François de Sales, s'il ne le regarde dans la poitrine du Christ. Comment espérer de calmer ces haines ardentes ? Comment pacifier ces barbares envahisseurs, qui s'avancent le fer et la flamme à la main sur votre civilisation moderne? Comment obtenir de ces hommes qui n'ont qu'un rêve, *la liquidation sociale,* comment en obtenir la paix publique et les joies de la réconciliation, sinon par la fraternité chrétienne, semée à Bethléem, cimentée au Cénacle et perpétuée par l'Eglise ? Que cette chère et grande Eglise, que cette amante de l'humanité reprenne son action, et la guerre sociale disparaîtra. N'a-t-elle pas suscité du peuple ces magnificences de l'âme dont les souvenirs sont notre meilleur patrimoine à tous ? Ce sont les Apôtres, voyageurs hardis, qui ont répandu l'Evangile sur toute la terre; ce sont les Martyrs, guerriers courageux, qui lui ont donné leur sang ; ce sont les Docteurs, écrivains de génie, défenseurs de la liberté naissante contre le despotisme païen qui voulait l'étouffer contre l'erreur qui voulait la corrompre; ce sont les Saints enfin, les Saints de tous les temps et de tous les pays, propagateurs de la lumière, types du dévoûment fraternel, « sublime démocratie du ciel (1), » rois, soldats, pâtres, savants, paysans, enfants, esclaves, pauvres femmes, révérés à titre égal, entourés des mêmes honneurs, implorés avec la même confiance et le même respect.... Votre Europe, sans l'Eglise, où a-t-elle abouti? A la confusion des idées, aux peuples armés jusqu'aux dents, à la fraternité dans l'artillerie, aux guerres sociales dans le sein d'une même nation.

C'est donc notre devoir à tous d'aller au cœur du peuple, de nous mêler à lui, de nous incliner sur ses labeurs et sur

(1) Louis Veuillot.

ses haines, et, par un héroïsme que rien ne rebute, de verser des bénédictions sur ces âmes aigries, sur ces masses ardentes. Chrétiens, disciples du Dieu qui a signé le vieux Traité d'alliance entre le riche et le pauvre, c'est à nous, de porter la parole de réconciliation : *Posuit in nobis verbum reconciliationis* (1).

Le peuple, affranchi et pacifié, ne peut rester stationnaire : il a droit à des ascensions dans son âme et dans sa vie. Le devoir des chrétiens est de ne pas déserter le poste moderne de l'activité sociale : qu'ils aient leur part dans ces études publiques, dans ces efforts qui cherchent à donner au travail plus de succès et plus de dignité. Sans doute les plans, les statistiques ou les utopies de la science économique ne sont pas la solution dernière de nos crises ardentes ; mais ces palliatifs ne peuvent être méprisés, tout en donnant la place première, qui lui appartient légitimement, à l'âme du peuple. Vous rencontrerez, dans cet apostolat intime et dans ce doux commerce avec les forces laborieuses, des joies et des attendrissements qui vous étonneront ; et vous aurez, par votre concours, travaillé à cette régénération nationale qui est sur les lèvres de tous, mais qui n'est ni dans le courage ni dans le cœur de tous. Le peuple possède avec le Christianisme des affinités qui peuvent un instant être oubliées, mais que rien ne peut détruire ; et l'heure s'approche où il ne tardera pas à reconnaître que l'absence du Christ est sa plus grande famine et sa plus terrible douleur. S'il vous est donné de voir les jours bénis où le peuple chrétien sera refait et constitué, la France alors reprendra sa voie glorieuse et son ascendant moral dans le monde. Elle doit la splendeur de son rang au Traité d'alliance qu'elle a fait avec le Christ, et, depuis quatorze siècles, elle partage la bonne et la mauvaise fortune de l'Eglise. Le Christ doit être le père et le protecteur du peuple Franc ; et si, en des jours néfastes, ses autels sont détruits et son image exilée, il reprend bientôt le chemin de vos cœurs et de vos foyers. Oui, si ces barbares tentatives d'une société sans Dieu venaient à prévaloir quelque temps encore, ce ne pourrait être qu'une

(1) S. Paul.

éclipse momentanée de votre vie nationale; la résurrection s'opérerait bientôt par les larmes, les prières et les sacrifices de la femme française et de la mère de l'ouvrier.

Allez donc, avec des efforts nouveaux et surhumains, à cette éducation de l'âme du peuple; que vos labeurs soient au niveau des besoins actuels. Sachez qu'il ne suffit pas de maudire les temps présents ni de déplorer les ruines : il faut que chacun s'arme pour le dévoûment, ranime sa charité et secoue ses mollesses. La moisson est abondante : plus que jamais, elle réclame des âmes généreusement trempées, qui se dépouillent de la frivole légèreté et travaillent vaillamment à la réédification d'une société croulante. Allez donc au peuple, portez-lui le respect, la lumière et la consolation. Que le flambeau de votre foi illumine ses ténèbres, et que l'ouvrier, s'il n'a pas l'éclat et le bien-être de la vie, se sente élevé à des hauteurs sublimes, parce qu'il possède, au sein de son atelier et dans son foyer noirci, le Libérateur, le Père, l'éternel Ami, la Lumière des esprits et le Pain vivant descendu du ciel. Qu'importe le travail, quand Jésus-Christ est là ?

O mon Dieu! ce qui pourrait affranchir, pacifier et élever le peuple, nous le savons, ce sont des Saints : ce serait un saint François d'Assise des ouvriers, vivant à notre époque ; ce serait une incarnation du Christ réapparaissant au sein de nos sociétés malades, au milieu de nos craintes et de nos égoïsmes. Le peuple, en voyant des Saints, au visage tendre, pur et austère, au cœur plein d'une ardente flamme, aux pieds nus et à la vie immolée; le peuple, en les voyant passer, s'écrierait : « C'est bien là le vieil ami de Bethléem, le vieil ami de ma gloire, de mes espérances et de ma foi ! » Et l'ouvrier, qui a l'instinct des grandes âmes et des grandes choses, irait baiser ces pieds meurtris par le sacrifice, et se relèverait au contact de ces cœurs, dans l'honneur et dans la liberté.

Toutefois, ne soyons pas méconnaissants envers la Providence : Dieu a suscité à notre époque des cœurs vaillants, qui comprennent que, pour faire du bien au peuple, il faut l'aimer d'abord. Jadis captifs en Allemagne, ces hommes de

bien, ces vrais chrétiens songeaient, dans leurs heures d'exil,
aux calamités de leur patrie, et ils s'engageaient à travailler à sa résurrection. De retour sur le sol français, ils ont
été témoins des lueurs sanglantes et des sombres dévas-
tations des journées de Paris. Arrivés près du lieu où les
otages furent des holocaustes de pardon et de paix, ces
jeunes et héroïques soldats entrèrent alors dans une église
profanée, et ils prièrent Dieu de permettre que la croix
reparût un jour sur ce sol fécondé par le sang des martyrs. Le Cercle du Montparnasse existait déjà, et les pa-
ges de son histoire sont touchantes et glorieuses ; mais ce
Cercle ne suffit pas : deux autres sont élevés, l'un près de
la rue Haxo, l'autre près de la rue des Rosiers ; et ce sont
des réparations providentielles et comme un rendez-vous
de fraternelle charité sur le tombeau de nobles et grandes
victimes. Ces jeunes soldats, qui n'ont pas faibli devant l'ennemi, vont maintenant au peuple avec le même entrain et le
même enthousiasme. Armés de foi et de tendresse, ils orga-
nisent un cercle comme un foyer : ils le parent des joies
gracieuses de l'intérieur ; ils y apportent les suavités du
cœur, les jouissances de l'esprit, les fêtes de l'intelligence.
Déjà de nombreux ouvriers sentent qu'ils respirent là un air
plus sain que celui de la taverne ou de la loge secrète.
C'est la vraie famille chrétienne ; c'est la délicieuse fraternité du travailleur et du riche, du soldat et de l'ouvrier,
dans la communauté de la prière, de l'étude, de la causerie
et de la récréation, à l'ombre de l'Eglise et dans le cœur du
Christ.

L'outrage n'a pas manqué à leur œuvre. Les journaux
élégants les ont bafoués, parce qu'ils arboraient franchement
le titre de Catholiques, et parce qu'ils ne voilaient pas leur
action sous un habile stratagème. Ah ! ils ont eu raison : ils
ont senti qu'ils étaient Chrétiens et Français, et qu'à ce double
titre ils devaient à leur conscience et au peuple d'arborer le
drapeau de leurs convictions. D'ailleurs, l'ouvrier ne se
trompe pas ; il saisit bien vite la distance qui sépare le politique du fidèle ; il ne veut pas d'une protection ou d'une philanthropie qui soit une exploitation électorale. Le peuple
accueille les dévoûments qui ne veulent pas se servir de lui,

mais qui veulent le servir. Sa dignité n'accepte la supério-
rité que lorsqu'il la voit apparaître, non pas au nom de
'homme, mais au nom de Dieu. Il y a dans ce moment un
élan généreux dans les classes populaires, qui veulent la vérité intégrale. On sent que l'heure des transactions est passée:
il s'agit des termes suprêmes de la lutte. Qui l'emportera
de la civilisation chrétienne ou des démolitions païennes ?

Pourquoi ne redirais-je pas les paroles, de ces fondateurs
de Cercles ouvriers? Écoutez comme ils veulent agir, écoutez
comme ils parlent :

« Beaucoup d'entre vous savent déjà par la pratique ce
« qu'est un Cercle catholique d'ouvriers. Je veux cependant
« le redire, afin de nous entendre tous sur le but que
« nous poursuivons. Dans un Cercle il y a deux cho-
« ses, deux pensées dominantes : l'une matérielle, l'autre
« chrétienne. La première a sa valeur, que nul ne songe à
« méconnaître ; et vous pouvez vous convaincre, en parcou-
« rant cette maison, qu'elle n'a point échappé à ceux qui
« l'ont disposée.Un Cercle est pour l'ouvrier un lieu de réu-
« nion où il trouve toutes les distractions honnêtes et où il
« se délasse du travail par une récréation, au lieu de cher-
« cher dans le plaisir une fatigue de plus. Ce n'est point un
« lieu de passage où on lui donne une hospitalité d'un mo-
« ment; c'est sa propre maison : il y est chez lui et il peut
« en user en toute liberté : des jeux, des livres, un jardin,
« répondent à tous ses besoins et satisfont jusqu'à ses ca-
« prices ; une table de restaurant lui donne à bon compte
« une nourriture meilleure que celle du dehors, et lui per-
« met, quand sa famille demeure au loin, de ne pas quitter,
« pendant toute la soirée, la maison du Cercle ; quelques
« logements garnis s'ouvrent pour un prix modique à l'ou-
« vrier sans abri, et celui qui arrive de la province y trouve
« un asile contre le vagabondage, en attendant qu'il se pro-
« cure une demeure honnête et assurée. Enfin le Cercle
« réunit tous les avantages de l'association et donne à l'in-
« dividu une somme de bien-être qu'il ne saurait atteindre
« isolément, mais qui est le produit naturel des ressour-
« ces mises en commun.

« Voilà l'idée matérielle qui frappe les yeux et qui suffi-
« rait sans doute à attirer, mais non à retenir. La pensée
« chrétienne seule peut atteindre ce but ; et c'est sur elle que
« je veux m'appesantir, parce qu'elle est la force et le lien
« de l'institution.

« Elle est d'abord une affirmation courageuse de la foi ;
« elle est encore une pensée de charité et de fraternité ;
« elle est enfin un progrès et l'accord véritable entre la tra-
« dition du passé et les besoins du présent. En venant au
« Cercle, l'ouvrier fait un acte de foi : car il y a ici une cha-
« pelle où se célèbre chaque dimanche le service divin ; il y
« a ici un aumônier dont la mission est de conduire les âmes ;
« il y a ici un directeur dont le devoir est de donner l'exem-
« ple des vertus chrétiennes. Et si tous ceux qui viennent
« au Cercle ne sont pas obligés d'être fervents au même de-
« gré, tous, du moins, doivent rendre hommage au signe
« extérieur de la foi et fléchir le genou devant l'autel ; tous
« doivent respecter l'aumônier et le directeur. Voilà l'acte
« de foi ; et, comme pour l'accomplir il faut braver les raille-
« ries de l'atelier et résister aux tentations du voisinage, c'est
« en même temps un acte de courage, et il n'y a pas là de
« quoi rebuter de véritables chrétiens.

« Le Cercle est le terrain commun où s'apaisent toutes les
« jalousies et toutes les rivalités, où il n'y a point de haines
« mal contenues et d'envie mal dissimulée, où le souvenir
« de Jésus à Nazareth fait honorer le travail, où la doctrine
« chrétienne apprend aux ouvriers la pratique de l'amitié,
« où enfin le meilleur est le premier de tous ; et ceux qui
« représentent, ici, le Cercle Montparnasse savent que, lors-
« qu'il s'agit d'élire un président, toutes les voix vont se por-
« ter vers celui qui est le plus chrétien. Voilà la pensée de
« charité qui se marque plus encore par l'organisation d'une
« conférence de Saint-Vincent de Paul, où ceux qui veu-
« lent le faire, trouvent le moyen de soulager la misère. Sur
« ce terrain du Cercle, les hommes du monde sont conviés ;
« on les y reçoit sans murmure et sans défiance, comme ils
« y viennent sans crainte et sans embarras : les mains se
« tendent et l'accord s'établit dans une pensée commune de
« foi et de simplicité. On apprend à s'y connaître, et des

« deux parts on se souvient qu'il est dans toutes les condi-
« tions des devoirs à remplir, que la loi de Dieu donne à
« chacun ses charges et ses souffrances, et qu'elle s'est ré-
« sumée dans ce seul précepte : « Aimez-vous les uns les
« autres. » Voilà la fraternité, non point celle qu'ont rêvée
« les utopistes modernes, mais celle qu'a enseignée Jésus-
« Christ et que pratiquent ses véritables enfants.

« J'ai dit enfin que les Cercles d'ouvriers sont un progrès ;
« et j'insiste sur cette affirmation, parce qu'on reproche
« communément aux catholiques d'être rétrogrades et de se
« tenir en arrière de leur temps. Tous les progrès cependant
« ont marché à la remorque du Christianisme, et il ne semble
« pas que la condition de l'ouvrier se soit améliorée depuis
« que la Révolution, prétendant l'affranchir, a voulu qu'il ne
« crût plus en Dieu. Non, nous ne demeurons point en
« arrière ; mais nous croyons qu'on ne saurait progresser
« sans respecter la tradition et sans s'appuyer sur la foi. Les
« ouvriers français ont une longue et glorieuse histoire. Il
« serait inopportun d'en retracer ici les principaux traits et
« de remonter le cours de ce passé rempli d'enseignements ;
« mais c'est une étude que tous vous pouvez et vous devez
« faire, et qui en vaut la peine : car ce sont là vos titres de
« noblesse. Cette histoire, brusquement interrompue et dont
« on a détruit jusqu'aux vestiges matériels, consacrait le
« souvenir d'une ère de prospérité, de calme et de dignité ;
« elle montrait comment l'association peut être librement
« et sagement pratiquée sous la protection de l'Eglise, et
« comment on savait jadis concilier les droits avec les
« devoirs. L'idée qui a inspiré la fondation des Cercles ca-
« tholiques s'est formée dans l'étude de ce passé si digne de
« respect ; et elle veut, sans oublier la tradition et sans mé-
« connaître les nécessités modernes, donner satisfaction à
« ce besoin d'association qui fut de tous les temps. L'asso-
« ciation, pour subsister, a besoin d'être basée sur le res-
« pect de l'autorité, sur l'obéissance aux lois et sur l'obser-
« vation des règles normales de la société. Le Christianisme
« enseigne l'accomplissement de ces devoirs, et, prêchant la
« concorde au lieu de la haine, forme un trait d'union en-
« tre toutes les classes. C'est pourquoi l'association catholi-

« que est la seule qui soit possible, à moins qu'on ne veuille
« tomber dans la coalition, c'est-à-dire dans la lutte et dans
« la résistance, ou dans les sociétés secrètes, qui conduisent
« à la guerre civile. L'association catholique donnera aux
« ouvriers le moyen de développer leurs connaissances et
« d'étudier leur métier, de tendre la main à leurs frères
« de province et de s'unir entre eux pour supporter le far-
« deau commun, d'apprendre à connaître leurs véritables
« intérêts et d'arriver par un accord pacifique et chrétien à
« les satisfaire, autant qu'il est permis à l'homme de le faire.
« Les Cercles d'ouvriers, en se multipliant, seront la base de
« cette association ; et c'est ainsi qu'ils sont un progrès et le
« lien véritable du passé avec les besoins des temps mo-
« dernes.

« Voilà, Messieurs, ce que nous prétendons faire et pour-
« quoi nous nous sommes mis à l'œuvre. Qui sommes-nous
« pour entreprendre une tâche aussi lourde? Je vous l'aurai
« bientôt dit, en commençant par un acte d'humilité. Nous
« ne sommes rien par nous-mêmes et nous n'avons pour
« nous que notre foi. Accablés de tristesse et de honte par
« les malheurs de la patrie, venus les uns des prisons d'Al-
« lemagne, les autres des champs de bataille de la France,
« tous meurtris et humiliés, nous nous sommes rencontrés
« au lendemain de la guerre civile, et au milieu des ruines
« amoncelées nos cœurs se sont entendus dans une pensée
« commune de douleur et d'espérance. Nous avons vu que la
« France allait périr, et nous avons cru que Dieu ne le per-
« mettrait pas ; et alors, nous souvenant de cette foi antique
« qui faisait notre gloire et notre honneur, nous avons voulu
« revenir à elle et lui ramener ceux qui nous entendraient.
« Nous ne sommes donc, Messieurs, que des hommes con-
« vaincus qui ne comptent point sur eux-mêmes, mais sur
« Dieu, qui, nous l'espérons, continuera à bénir nos efforts.
« Et, puisque notre force est tout entière dans la foi, il ne me
« reste plus, pour achever ma tâche, qu'à affirmer, comme
« je vous ai promis de le faire, la doctrine sur laquelle nous
« nous appuyons.

« Cette doctrine, elle est écrite sur notre drapeau et elle
« a pour emblème la croix que nous arborons. Persuadés

« qùe le temps n'est plus aux incertitudes et aux hésitations,
« nous nous proclamons hautement catholiques ; et, pour
« nous prémunir, au milieu du trouble des esprits et du dés-
« ordre des idées, contre toute défaillance, nous nous som-
« mes serrés autour de cette Eglise contre laquelle les por-
« tes de l'enfer ne prévaudront point. Nous avons regardé
« Rome pour chercher un exemple de courage et de fermeté,
« et là nous avons puisé nos principes et notre doctrine (1).»

Voilà comment parlent, voilà comment agissent, dans ce
champ clos de la fraternité sociale, ces généreux fils de la
sainte Église. Ils ne cachent pas leur foi, et ils s'écrient
pleins d'espoir : « Que les ouvriers prêchent d'exemple et
appellent leurs compagnons ; que les hommes du monde
nous aident de leur dévoûment ; et, soyez-en certains,
quand nous avancerons dans Paris la croix à la main,
notre devise ne nous trahira pas, et il sera toujours vrai de
dire : *In hoc signo vinces.* »

Est-ce que cet accent ému, est-ce que ce cri éloquent
ne vous donnent pas l'enthousiasme du sacrifice ? Est-ce que
cette œuvre ne mérite pas vos plus généreuses sympathies ?
Votre pontife et vos prêtres sont morts. Sous leurs aus-
pices, on veut rendre au peuple la régénération dans l'honneur de la doctrine catholique et de la paix sociale ; vous
ne resterez pas, vous ne pouvez pas rester spectateurs iner-
tes et désintéressés devant cet appel qui est fait à votre foi
et à votre charité, non par des politiques, mais par des chrétiens convaincus.

En réalité, d'ailleurs, ils vous convient à une croisade pacifique pour la résurrection de votre patrie. Je le dis et je vous le
redis encore : ne soyez pas de ceux qui désespèrent de l'avenir de ce pays dont la place est marquée dans les progrès de
l'Europe et dans les destinées du monde. Née dans un baptistère de l'Eglise, grandie sous la bénédiction des Pontifes romains et dans le travail de ses Evêques, la France, la fille aînée

----

(1) Discours de M. le comte Albert de Mun à l'inauguration du Cercle
de Belleville, le 7 avril 1872.

de l'Eglise, est le Chevalier du droit et l'Apôtre de la vérité.
Elle a vu son auréole se ternir et fléchir sa puissance, lorsqu'elle s'est infatuée des théories révolutionnaires, lorsque
dans ses lois et dans ses mœurs la séve évangélique a baissé,
lorsqu'elle a remplacé l'honneur du chevalier et la foi de la
fille aînée de l'Eglise par les idées incrédules et par les mœurs
faciles du paganisme. Les lois faites sans le Christ et contre
lui, les niaises clameurs contre l'*esprit clérical*, les alarmes à
l'égard de ses prétendues influences, les aveuglements devant les catastrophes imminentes, la peur des bénédictions
du Ciel, l'insouciance avec le volcan sous les pieds, la soif
inextinguible des voluptés, le besoin d'enrichissement rapide, ce luxe ruineux des époques de décadence, ces exclu-
sives adorations du succès, la foi au droit traitée de naïveté,
les ruses déloyales insensées quand elles triomphent,
la vie extravagante des grandes cités, la vénalité des consciences, l'instabilité des existences, les profanations du
foyer domestique, les mépris du dimanche et des fêtes di-
vines : voilà ce qui vous a conduits à l'une des phases les plus
calamiteuses de votre histoire. Ne l'oubliez pas : « la ville de
« la vanité a été broyée... parce que les hommes ont violé les
« lois, changé le droit, rompu l'Alliance éternelle... (1). »
Encore un coup, ne vous désespérez pas. Si vous voulez
rajeunir ce noble et grand peuple, si vous voulez panser les
plaies de votre patrie déchirée sous les fouets terribles des
justices célestes, si vous voulez guérir les blessures de cette
nation qui a perdu des lambeaux de sa chair territoriale, re-
devenez le peuple Franc, le peuple qui aime Jésus-Christ ;
reprenez votre mission de Fille aînée de l'Eglise ; soyez fidèles à l'indépendance et à l'autorité de son chef auguste : c'est
là pour vous l'honneur du passé c'est la voie sûre de la résurrection.

Quand, dans le passé, le pied de l'étranger foulait votre
sol, Dieu vous envoya une humble fille des champs, Jeanne
d'Arc. N'attendez plus d'autre Jeanne d'Arc que la sainte
Eglise, dont vous partagez les joies et les douleurs par une
glorieuse communauté. Votre patriotisme s'émeut de ces

(1) Isaïe, XXIV.

paroles, et vous songez, je le sens, à la libération du territoire. Mais il y a un autre territoire qui est envahi : c'est l'âme du peuple, ce territoire magnifique du Christ. De séduisantes et fausses doctrines la désolent, l'oppriment, la ramènent aux servitudes païennes. Allez donc l'affranchir, la pacifier et l'élever ; multipliez les apôtres à son service ; fondez des églises ; développez les écoles ; créez des cercles d'ouvriers : que sur votre sol fécond germent et fleurissent ces sublimes institutions. Alors, vous serez de ceux par qui la Patrie se régénère, la paix sociale ressuscite, le peuple retrouve l'Evangile, les âmes se sauvent ; vous serez de Ceux par qui la fraternité se rétablit à l'ombre bénie du cœur de Jésus-Christ, Sauveur et Père des nations. Qu'il en soit ainsi et que votre charité le comprenne. Ce sera l'arc-en-ciel sur vos deuils et sur vos ruines ; ce sera, au lendemain de sa justice, une apparition de Dieu dans sa miséricorde pour la France et pour l'Europe.

PARIS. — IMP. VICTOR GOUPY, RUE GARANCIÈRE, 5.

COMITÉ POUR LA FONDATION

DE

CERCLES CATHOLIQUES D'OUVRIERS

A PARIS

✝

In hoc signo vinces !

APPEL AUX HOMMES DE BONNE VOLONTÉ

La question ouvrière, à l'heure présente, n'est plus un problème à discuter. Elle se pose devant nous comme une menace, comme un péril permanent. Il faut la résoudre. Autrement la société, semblable aux pouvoirs qui agonisent et ne peuvent plus se sauver même en abdiquant, s'entendrait dire ce terrible arrêt : « Il est trop tard ! »

La Révolution est près d'atteindre son but. Du cerveau des philosophes elle est descendue dans le cœur du peuple, et elle organise aujourd'hui, pour une lutte suprême, les ouvriers, qui sont la substance de la nation.

Laisserons-nous ces enfants (car le peuple est un enfant, sublime ou égoïste), laisserons-nous ces ouvriers, flattés dans leurs passions et leur orgueil, consommer la ruine de la patrie et du monde, ou bien, puisant des forces invincibles au Cœur de Jésus ouvrier, nous souvenant des gloires de la France et de son titre de Fille aînée de l'Église, ferons-nous un dernier effort pour sauver le peuple et hâter le règne de Dieu dans l'atelier régénéré ?

Telle est la question. L'heure n'est plus aux discours : il faut agir ! A ceux qui ne veulent désespérer ni de notre chère France ni d'eux-mêmes, nous faisons un énergique appel.

Aux doctrines subversives, aux enseignements funestes, il faut opposer les saintes leçons de l'Évangile ; au matérialisme, les notions du sacrifice ; à l'esprit cosmopolite, l'idée de patrie ; à la négation athée, l'affirmation catholique.

Il importe, en outre, de détruire ces préjugés qui divisent, engendrant, d'une part, le mépris ou l'indifférence, et, de l'autre, la haine et l'envie.

Les hommes des classes privilégiées ont des devoirs à remplir vis-à-vis des ouvriers leurs frères ; et, si, la société a eu le droit de se défendre les armes à la main, elle sait bien que les obus et les balles ne guérissent point, et qu'il faut autre chose.

C'est sur le terrain de la vérité catholique, et non ailleurs, que les mains peuvent s'unir et les âmes se comprendre.

Or il existe à Paris un Cercle de jeunes ouvriers où l'on applique avec succès ces maximes de salut. Ce Cercle est la pierre d'attente de l'édifice futur, et le type vivant des associations ouvrières catholiques que nous verrons fleurir un jour. — On y combat sans cesse les dangers qui menacent les classes laborieuses, surtout à Paris. La parole divine y est prêchée, le Saint sacrifice y est offert, la charité active y est pratiquée; des livres honnêtes et de saines publications y sont mis à la disposition des sociétaires; des amitiés durables s'y forment; la source des bons conseils et des exemples salutaires n'y est jamais tarie. On y aime l'Église et la France. — Des hommes du monde, encore en petit nombre, fréquentent ce cercle et tiennent à honneur de traiter en amis ces ouvriers chrétiens.

Eh bien! voilà le remède! le moyen est trouvé. Il s'agit de le développer, de l'appliquer sur une plus vaste échelle.

Au lieu d'un Cercle dans Paris, il en faut vingt; il en faudrait dans chaque grande ville : — l'Angleterre et l'Allemagne en comptent par centaines.

Les hommes des ténèbres s'associent : associons-nous! Ils se liguent pour renverser : liguons-nous pour construire! Ils fondent des clubs révolutionnaires : fondons des Cercles catholiques !

Cela coûtera cent mille francs, cinq cent mille francs, un million : qu'importe? Croyez-vous que la reprise de Paris sur la Commune n'ait pas coûté plus cher ?

Nous nous adressons à tous les cœurs de bonne volonté : qu'ils réfléchissent et qu'ils comprennent.

La patrie a de lourdes charges, et tous les citoyens doivent contribuer à les alléger : c'est là un impérieux devoir; mais il y a place pour d'autres sacrifices, et, à cette heure de notre histoire où les divertissements profanes seraient une impiété nationale, nous pensons qu'en opérant, sous ce rapport, la réforme exigée par les circonstances, on réunirait aisément les ressources nécessaires pour réaliser une œuvre qui est actuellement, on peut le dire, l'œuvre voulue de Dieu, l'œuvre des œuvres ! —

Le Comité qui prend à tâche de créer, avec l'aide de la Providence, cette institution de salut social, ouvre, en conséquence, une souscription dans le but :

1° D'achever l'établissement du Cercle de jeunes ouvriers déjà existant (126, boulevard Montparnasse);

2° De fonder, dans la capitale, d'autres Cercles sur les mêmes bases.

LES MEMBRES DU COMITÉ :

HENRY BLOUNT, secrétaire de la Société de secours aux paysans français;

LÉON GAUTIER, professeur à l'École des Chartes;

Baron LÉONCE DE GUIRAUD, député de l'Aude;

ÉMILE KELLER, député du Haut-Rhin;

Comte DE LA-TOUR-DU-PIN-CHAMBLY, officier d'état-major;

MAURICE MAIGNEN, directeur du Cercle des Jeunes Ouvriers du boulevard Montparnasse;

Comte DE MUN ;

Comte ALBERT DE MUN, officier de cavalerie;

ARMAND RAVELET, docteur en droit, avocat à la Cour d'appel de Paris;

PAUL VRIGNAULT, chef de bureau au Ministère des affaires étrangères.

Prière d'adresser les adhésions à M. le comte DE MUN, Trésorier du Comité, avenue de l'Alma, 51, avec indication de la somme souscrite ou de l'annuité promise.

PARIS. — IMP. VICTOR GOUPY, RUE GARANCIÈRE, 5.

www.ingramcontent.com/pod-product-compliance
Ingram Content Group UK Ltd.
Pitfield, Milton Keynes, MK11 3LW, UK
UKHW022217070726
13613UKWH00004B/1714